歌集

# みちのく風語

熊谷 淑子

砂子屋書房

*目次

装画・山村國晶
装本・倉本　修

# 歌集　みちのく風語《かざご》

絵の襞ふかく

改札を通りすぎゆく青年のかかえし荷より油彩のにおい

入選の知らせありやと百年の風を待ちたる上野の桜

二〇〇四年の春陽展でひかえめな初老の弟子が入賞はたす

大作の絵全体を見回せる椅子に座しひとときわれは時を過せり

心象と具象の間合いゆらゆらと上野の森に息づいており

ジーパンの裾のほつれがリズムもち公園内を行き来している

帰省する新幹線に乗り込みて抱一展の予告を見おり

三日目に家に戻れば待ちおりし塵や芥と君の笑顔と

一ヶ月ルールもちたき日常の生活仕分けのメモを作るか

わたくしが決断すれば済むものを肥えたる月と狭庭をあるく

## 浅葱の空

五月十三日あさぎの空に一本の光る雲あり師は逝きたまう

人の死にいかなる差異もなけれども葬儀のための日時を合わす

わたくしは加藤克巳の弟子でした不肖不器用に四十年を

葬儀にて再会したる仲間らの交わす言葉に悲しみつのる

ご導師の読経が逝去の現実を示しているなり香燻り満つ

大御所の歌人なりとて棺には鉛筆《ペン》やノートと『個性』の冊子

花ひとつ師の頬ちかく供えおき此の世の無常かみしめている

「もういいよみんな仲良く」と言ったやも般若湯飲みほがらほがらと

群れなせる椋鳥たちの紛れしや浅葱の空はかすみゆくなり

綿菅の白

ひと気ない駅のベンチの水色が文月なりやと剥がれてゆきぬ

七月は高原にきて綿菅《ワタスゲ》の楕円の白い果穂と真向かう

わたくしの生きる意味など綿菅の果穂の嵩との違いはあらぬ

ここまでは綿菅などは飛んでこぬ身体《たい》をひねりて風を見ており

青春の蹉跌なりやと歌誌おけばエノコロ草に蜉蝣のゆれ

降りそうで降らぬひと日の庭隅に栗の花咲き臭いただよう

合歓の木が下枝より葉を閉じる彩なすピンク空に残して

ふたつの影

ゼブラゾーンの太い白線踏みでると揺らぎかたむく界隈ありや

はがれゆく記憶のかけら見るゆうべ山のあなたに夕焼け雲が

有り体に言えばさやけし風を聴く誰《だ》あれもいない休日の校庭

抱えきれぬものを抱えたやも知れぬ柘榴が割けて笑っているよな

冬隣と言う人おりて時雨まつお茶の一服ほどよき頃に

いましがた木末《こぬれ》隠《がく》れの葉が生れて僅かに光り震えておりぬ

夫と吾のふたつの影をひく道が晩秋の町にまぎれゆくなり

### くぐもりの音――東日本大震災

足裏にきょうの悲哀はたまるのか夕べくぐもる靴音をきく

巨大なる地震のあとに来た津波とどろく波が故郷おそう

気仙沼の姉の家族をさがせども安否情報すぐには来ない

三日目に身内の無事を確認しみぞれ降るなか洗車しており

ガソリンの目盛たしかめとりあえず救援物資あれこれを積む

被災地は緊急車両の誘導で瓦礫の道をのろのろ進む

――実家を避難所に利用して頂いた

避難所になりたる家の二階には多くの人がすわり込んでいた

四階にすむ姉たちの顔をみて物資を手渡しほっと一息

しばしの間「お昼ですよ」の声がして皆そろって二階におりた

小さなる塩おにぎりとバナナと水インスタントラーメンなどなど
知りあいと頷きながら会話する　津波の恐怖　疲労の目元
恐怖にて身をちぢめたる長時間　塩おにぎりの美味さを知った
生きている　この素朴なおにぎり一個にその身を支えられ

このままの別れにはせぬと呟けるさくら花弁はこびし風が

沿岸の春はせわしく通りゆく桜ちる散る瓦礫にさくら

止まった時間

二十ヶ月過ぎたるままの仮置き場いずこ彷徨う絆の言葉

沿岸のガレキを積んだ仮置き場かさなり沈む音がしている

こんなにも雑多なものに囲まれて生きているなり地球は重い

笑わない笑えない児が食べている少し甘めのブルガリアヨーグルト

あの日から止まったままの時間なり行方不明の沿岸の友

海原が冬の皺波のせたまま月のひかりの道を浮かべる

凍てついた月が海面を渡りたる此岸に続く道というなり

碧色の海が好きだと話していたあなたは女神　沖の灯火

どんよりと光をたたえた日暈にて明日はまたもみぞれ日なるや

帰り路をわたしに付いて来た影が卯月の庭にまぎれゆくなり

あの日より

あの日より海辺の町にうずもれた欠片となりぬ君との思い出

青のみのクレパスで描く児がひとり記憶の町と空と海とを

風花を肩にともない帰る児よ意外にながい首をかしげて

陥穽に謀られたのか蘖《ひこばえ》が海辺の丘で所在なく伸び

かわりゆく春の嵐を予測せよ肩に止まれる風花が言う

震災の一周忌なり　いまだ行方不明の人に両手を合わす

セシウムと言う大きな値の線量が東日本の明日《あす》を阻めり

冬のいとなみ

雪原をわたる日ざしを受けた木々ふくら雀が実のごとならぶ

冬眠の生きものたちを抱きおり触れてはならぬ百年の山毛欅《ぶな》

北国の雪に埋もれた日時計は悠久の時を指して刻めり

満月がてらせる海のなかほどでタツノオトシゴ真直ぐに並ぶ

容赦ない厳冬にして凍てついた仮設住宅の氷柱がのびる

降りつづく雪を呑みいる北上のゆるき流れに白鳥つどう

鳥たちのインフルエンザ感染源とニュースがながれ勝手な人間
白鳥よおまえの所為でないのだが「餌をやるな」と立て札がたつ
立ちすくみ落ち葉しぐれの音を聞きひととき言葉の径を歩めり

ケセランパサラン

氷点となりたるころの家のおく簞笥のなかの箱がふくらむ

かたくなに守りきたれる箱のなか白い毛玉が育ちゆくなり

吹雪く夜に奥の桐箱あけるから兎に言うなケセランパサラン

捩れたる友の気持もゴムなれば向きかえながら何時しかもどる

縁という絆のほかに敢えて問う己のこころに雪虫がとぶ

雪虫の確かにおりし証拠など誰も知らない冬が呼ぶのだ

熱燗があなたを酔わす時間なり龍馬のドラマ饒舌に言う

手の届く範囲の酒と常備薬あなたの体のいちぶとなりて

人類は喧噪のタネに事欠かず平成二十三年卯年に跳ぶか

凍てついたお供えなれば餅なども小寒まえにひび割れてゆく

かの木々の種子やも知れぬ白きもの丸くかたまり箱に眠れる

小草のつぶやき

隣人と大鍋かこむ食文化　よばれて来たる芋煮会なり

大鍋の具をたんまりと盛りつけし椀をいただき笑顔をかえす

生かされていると思えば気もかるく熱き大根・熱い里芋

いまここに全て信じてみましょうか君も持ちいる胃の腑の温さ

道沿いの使命のような街路樹に赤むらさきの葛の花咲く

葛の葉が裏返りつつ木に絡む蔓延《はびこ》る生の強さをみたり

右がわの肩にふれたる秋あかね小罪無量と囁いている

ふるさとの山が日暮れに押しだされ藍を増しゆく恐れをもちぬ

水たまりの数だけ月を数えよと夕立あがりの小草吹きおり

藤原文化――世界遺産・平泉

千年の浄土思想をもちつづけ光を放つ藤原文化

綾なせる杉の木立の陽をうけて言の葉拾う月見坂なり

むらさきの雨まぼろしに降る坂で汗をぬぐうと西行とおる

杉の吐く息のにおいは雨ふくみもつれて飛べる蝶のふた頭

思案もち巡りきたれるみちのくに友と草ふみ歌を拾いぬ

夢館《ゆめやかた》に陳列された蠟人形　語り継がれし時世のままに

千年まえ藤原一族おりまして此の世のまほら築いてちりぬ

――平泉・夢館

百年の栄耀ひもとく古都なりや藤原四代ゆめ夢やかた

いまはいま浄土を信じた平泉　世界遺産のちから放てり

まひるまの暑さのこもる老杉に鳥も獣も棲んではならぬ

舫い綱

あの日から舫《もやい》たしかめ男らが黙々漁具の手入れしており

秋なればサンマが群れて来るはずと綱を繕う催合《もやい》仮小屋

寒流と暖流かち合う近海に魚群きたぞとカモメがさわぐ

大漁の旗をなびかせ船が入り銅色《あかがねいろ》の男らつどう

大海の君の運べる秋刀魚など海鳥たちがサインをおくる

待ちわびた秋刀魚さんまの水揚げを競りあう市場《いち》の早朝の声

大根おろしとカボスが良いと言う夫サンマまるごと網で焼きたり

ささやかな温い幸せなのだろう秋の夕餉に秋刀魚と新酒

身を反らし秋刀魚ふとぶと皿を占め今年も変わらぬ食卓がある

首筋をすこし傾け動脈に触れたる母の仕種をしたり

## 瓦　礫

繋がりと絆というはつくろいか瓦礫処分の行き場棚上げ

海辺より三キロ先に広がれる更地にしゃがみ玩具を拾う

土塊をはらいて遊ぶ児と共に沖の白波みつむる女

雑草の生い茂りいる区画なり此処は復興計画に入らぬ地域

二年経て瓦礫の山が海の辺に黒くいくつも連なりており

鞦韆をこいでいるのは秋の風あかねを止めて恬淡てんたん

浜辺より三キロ先の岬なり岩場のうしろ浜茄子が咲く

最後まで友が愛した岬にて浜茄子の花ひと日つみおり

## 三度の夏

昼の月とろりうかべる丘のうえ仮設住宅に三度《みたび》の夏が

しばらくは無心で居よと貝ひとつ更地に数多クレーンが伸びる

お互いに干渉せぬが秘訣なり孤独でよいと背中のまるみ

梅雨空を押し上げて咲く朴の花みどり増しゆく梢にゆるり

散り落ちた花の風情を描きおり彩なす白がほのめきやまぬ

夜明けには沙羅の花殻掃きあつめ苔の緑と小鳥を待てり

いつよりか傘など持たぬ身軽さにワイパー回し街道を走る

カリンの嵩

拾いたる榠樝のにおい残す手でいびつな形の電球をもつ

手にあまる林檎まるごとむく夕べふたりで分かつ二人でひとつ

山に向くあなたのこころを誘うは芒穂ゆらす番の蜻蛉

こんもりと枯れ草積んだひと処トンボを止めて猫が寝ている

馬追の声の高低きくゆうべ和音があやなす此の世の命

## くちなわの里

家々を守りたまえとヘビ年の注連縄つるす清めた関《かん》に

くちなわと巫女のたしかな絆あり隣の部屋の神棚の上

神棚にのっては消えてまだ在ると時折うごく紐のごときが

確執をもちたるままの夜があけ瓶の牛乳音たてて飲む

北国の凍てつく雪に抱かれて室《むろ》の野菜が糖度を増せり

白鳥の鳴き声しずめ夕ぐれに欅の木肌ざらざらと在る

青々と翳る刻もつ雪原に六年過《よ》ぎりもはやふるさと

卓まわり電気コードが数を増し吾の思考におりおり絡む

晩白柚

到来の晩白柚ひとつ供えおく巨大な果実こよい望月

両の掌をうやまう形にいだきおり晩白柚《ばんぺいゆ》という嵩を知りたる

かわりゆく春の嵐は恋こころ首筋つたう風花しずく

昼の月とろりとうかぶ道の辺に自販機五台並んでおりぬ

藪つばき散りしく道を踏みしとき潰れた朱がなまなまと立つ

雪形の二頭の駒があらわれて朗ら朗らと山里はしる

けやき並木の木肌にしろい微粉うく触れてはならぬ森の掟ぞ

晩白柚きっぱり割いてみましょうか否《いな》否《いな》柔くぶあつい果皮や

ひわ色の晩白柚いとまろやかで萼の部分の五つの凹み

## コクトーの耳

海神《わだつみ》のささやきなりや夕ぐれの渚に拾うコクトーの耳

仲間らが帰ってくるまで浜小屋で強固な舫《もやい》をつくる漁師達

雑草も茂らぬ更地数区画きょうも寄せくる大潮の波

浜茄子の赤をひそめる一片に友やも知れぬ風が行き交う

甘酸っぱい浜茄子の実を頬張りし今も疼くよ舌のいちぶが

沙羅の花咲いては散りゆく夕まぐれ此岸にひとり佇みており

風を知れ風に触れよと沙羅の花ほのめく白や散るも華なり

むらさきの花びら広げ咲くテッセン絡みからまる強き生なり

真昼間の砂浜歩く波をうけコクトーの耳そばだてて聞く

返り花

左手に重心かけて立ちあがり媼は椅子に夕陽をのこす

公園のベンチのうえの青いそらつがいの蜻蛉とび交いている

ふいに伸びふいに花咲く曼珠沙華さ庭にひそむ輪廻なりしか

ゆきあいの風に触れいし返り花ことし三度《みたび》の房がゆれおり

むらさきの雨の雫を落としおり今宵ちちはは帰りくるよな

飛び交いてあなたこなたの蜜を吸う蕊にまみれし蜂よぶ藤よ

あめ土の渇きいたるや蜂の巣が軒の右側いびつに下がる

地球はこのごろ変だと言うており夏の終わりの蟬と邯鄲

馬追が廊下の隅で鳴いている人の気配の薄いまひるま

きのうまで無風だった吾がめぐりそよそよ動く葉鶏頭の秋

## 季の充実

まろやかな林檎のあかに降りたつやふかまりゆきし季《とき》の充実

鳥に影　樹々が眠れる雪野なり汝の足跡かさねて行けり

蕊とじて雪を享けいし花なりとほろりほろほろ如月に咲く

不可能であらねばならぬ愛のため疼く言の葉雪野に放つ

きしきしと雪ふみゆきし夕べなり昏き川面の収斂をみる

凍てつきし窓の向こうの蒼い空Vの字つらね白鳥がゆく

高台の仮設住宅すえおかれ三度《みたび》の冬に戸板がきしむ

鼎浦の出船

葉桜と釣果と酒にほろほろと義兄は卯月の未明の空へ

八十七歳は華やぎの年という人ら此岸のきわの夥しき花

結婚記念日に寡婦となりたる姉に添い好みの珈琲たっぷり淹れる

半世紀を束の間と言い姉はまた膳を供えて香焚き禱る

火炉の扉が時間通りに閉じたれば縁者を誘う控えのひと間

まだ熱く真白くなりし一体の骨拾うため割り箸を取る

祭壇の花の囲いに骨壺を据えて遺影に明かりをともす

葬式の参列者のなかほどで義兄の幼名つぶやく媼おり

中興の祖となりたるを尊びて白い御輿にそろそろ載せる

本堂の部屋なか廻す御輿なり親族ともども左まわりに

七十余名の僧の読経ふいに止み導師が空《くう》に円を描けり

むかい合う弟《てい》が導師の逆にかく空《くう》に三回この世の松明

確実に法を現に受け継ぎし遺影の義兄が見つめておりぬ

鼎浦《ていほ》なる入江にひとり舟を出し棹さし黙す写し絵うかぶ

葉桜の坂道

ふるさとは北上の地といいし義兄ガキ大将だった山川のあり

葉桜を好みし人の末期なり桜ちるちる展勝地さくら

たしかにも葉桜となる卯月にて光る風なか緑ましゆく

葉桜の坂道のうえの斎園や荼毘の読経に和讃がつづく

「葉公龍を好む」師匠の遺偈《ゆいげ》読む絶えてはならぬ血脈《けちみやく》の在り

秋隣り

まだまだと百日紅が咲き継いで秋の隣の視野を占めたり

りんどうの花さき残る道の辺の足に絡まる虫たちの声

自販機の熱き珈琲のみながら浴びた言葉の棘をぬきおり

なめらかな口調で話す役員のもう一枚の舌がちろりと

喋りすぎた舌の一部がもつれしか肝心な二行が聞こえてこない

あとひとつ残りし課題そのままに笑顔を作りせわしく帰る

秋雨とて地域限定の土砂降りに上枝《ほつえ》がたわむ川岸の木々

颱風の去りたる後の道端に貼り付いている葉っぱと溜息

言の葉のあわいにあらん歌の意を汲みとらねばとふたひらの耳

石榴が笑う

鞦韆をこいでいるのは魑魅《すだま》たち茜を止めて恬淡てんたん

色あせし烏瓜実をはじきおりカランコロンと八個の小槌

――月食の夜

月を食う地球の蔭に集いたる長者屋敷に柘榴が笑う

赤黒い月を浮かべた塔の下のっぺらぼうの人らが歩く

邯鄲がまだ鳴いている十月のひなたこなたを踏みしめて行く

葛の蔓からみ絡まり花こぼす赤紫のしたたかな生

# おそ秋

おそ秋の昼のしじまにしんと立つ鶏頭ぐらり種子をこぼせり

木枯らしの過ぎし束の間ほかほかと夕の陽われの肩にのりたり

友のすむ仮設住宅すえおかれ四度《よたび》の冬に氷柱連なる

魑魅《すだま》らが冬眠するのを見とどけて海に向かいて太る樹氷よ

音ほそく引く木枯らしをひきつれて裏木戸ゆらす今宵の魑魅

虹色に渦巻きながら独楽ひとつ葉牡丹の下に潜ってゆくなり

柚子の湯に浸るひとときき身に添いて浮きし気泡をやさしく寄せる

あおい日の引力斥力

午後三時　前行く人の影のびて肩のあたりを踏みてとどまる

いまもなおビルの谷間の横丁に煉瓦色せる茶房がありや

珈琲を飲みてくつろぐ横顔が窓枠ちかくちらついており

たわいない挨拶しつつ目の奥の消え入りそうな片虹をみる

乾きたる喉をしめらせ息をつく両手に温い珈琲カップ

かの日より半世紀経た身のめぐり口元ふかいほうれい線が

『されどわれらが日々』読みおりしただただ青い引力斥力

――水仙の花・雪中花

わたくしの前頭葉のしわざやも胸底ひそか咲く雪中花《せっちゅうか》

あおい日のわたしに似たる花を捨て思惟する故と黙して去りぬ

ま昼間をはるか見ていし十四夜《じゅうよんや》の月の欠片と帰り路をゆく

古稀にして妻と名付けしドレッシングたっぷり野菜の皿に添えおり

このままが良いとは思えぬが接ぎ木するなど以ての外なり

不器用に枝を伸ばしし梅の木にホットケホーと鶯のこえ

花の風情

散り落ちた花の風情を描きおり彩なす白がうごめいている

風花の止みたるころが咲きどきと紅あまた狭庭占めおり

いま風をたべていると言う少年が渚に向かいて自転車をこぐ

辿り着くと思い定めしかの夏の君の背丈ほど小さき伽羅木

曇天をふいに押しあげ風ひかり今日のための手帳を開く

昨日とは少し違う日のけじめなり少し襟たて靴紐なおす

庭すみに寒つばき咲くかたわらの霜柱ふみ歩くもよろし

たわいない話題かわせる平穏がとろとろ吾の胸裡ながれ

伽羅の香ほのかに聴きし部屋に入り胸裡ひそか拭いておりぬ

## 鈍色の海

かの日より更地のままの町に行く糸雨《しう》にぬれいし四度の禱り

この道はあの日の海につづく道ゆく手を阻む雑草《あらくさ》の嵩

嵩上げを囲みて架かる虹のなかふるさとの海わずかに見ゆる

出港の合図せぬまま舫解《もやい》きふたりの船は四年もどらず

行くことも帰ることすら儘ならぬ海のおとこら舫つなげよ

水揚げを競うあしたの光あび岸の鷗と海を見つむる

鈍色《にびいろ》の海に向かいしトラックが土を吐きだし嵩上げしおり

息づくものら

朝霧のあわいに生れし蝸牛アジサイ葉のうえ小さく動く

青アジサイの碧むらさきの渦のなか水の器の額と思いし

おそらくは何も載せない藍の皿　萼紫陽花のはなの滴り

花びらの碧くならべる調和見ゆ　歌詠む吾の心いざなう

ぬめらかな身をもち這える蝸牛あじさい季をコツンと生きる

蝸牛ゆるゆる這いて身をおける殻より長い触角のばし

戦後はや七十年と叫びつつ選挙カー行き身の裡そよぐ

善悪もじゃれ合う中の擦り傷アカチン塗ってそれでお仕舞い

バーチャルの世界で遊ぶ現代っ子さやぎきたれる風うけて見よ

みちのく時間

声にだすその度ごとに薄よごれ「絆」の文字が袢と見まごう

宅地から出でたる土器の欠片なり縄文人の簡素を拾う

寝て起きてその日の糧を得て孕みゆるゆる生きしか縄文人は

男女とも平均寿命は三十路にて可といえ長いみちのく時間

一日がこんなにあると縄文の時間の淵を歩むもよろし

いちまいの木の葉が誘う水たまり竪穴住居のかたわらの壺

歳月がひと束になりやって来る古稀坂越えし足の重たさ

廊下まで日ざしの届く冬まひる箱の蜜柑は熟れ過ぎたるや

つながりを意識した日の鼓動にて陸奥の雪虫いっせいに舞う

## 鉄幹

傾きて大きな瘤もつ老梅に影ひくほどの薄日が差せり

さりとても鉄幹なりと老梅の幹をふた分け夕陽占めおり

反り返りおもむくままの幹に三つ花など付けし鉄幹なりや

軒ほどの高さなりとて老梅の朝陽あつむる隆起せる幹

朽ちてなおその身自在に伸ばしおり一世ふた世の鉄幹の瘤

拘りがほつりほぐれてゆく心地　水面にゆれてほのめく梅花

梅の香に酔うほどひたり午後の庭あるいた伯母も今は亡く

たんぽぽの絮がほんほん横切れる今のいまだと風がゆきかう

## 波の痕跡

――伊勢志摩サミット

煌々と鈍き海面を照らす巡視船《ふね》　分際なりと鳥さえ消える

おびやかす存在でもあるサミットの各国首脳えがおをかえす

あの時の波の痕跡たちまちに消えてしまったと貝が呟く

原爆の御魂の碑にむかい立ち米国首脳しばし眼《まなこ》を閉じる

よりそって支えるためにある杭が撓る力をはね返しおり

夕つかた玄海の潮はぐくみし枇杷色の陽と暫したたずむ

夕霧のしずくを受けし枇杷の実のゆるりと太りしずかに灯る

切り分けし花屋の薔薇の吸いおりし水のにおいが鼻腔をかする

首脳らの共生文化ということば西日の向こう素通りしおり

風の坂道

さっそうと自転車こぐ子供らの押しもどしいる風の坂道

嵩上げの壁にふさがれ海鳥も戻りゆくなる岸辺のむこう

海沿いのハマナスの紅もらいうけ墓前に手向け香をくゆらす

あの日から五年目の夏　教え子の息子の眼《まなこ》に海原をみる

ジーパンの裂け目に覗く脛をもつ若者たちが土手の草引く

無人駅を通過するとき向日葵のおもたい首が向きを変えたり

二輌電車よぎる線路の独り言もう帰るのかハッポウハッポウ

水底の石のきらめきそのままに溶けてしまいたい渚の時間

べた凪が浜辺にしばし止まりぬ　砂をかき分け這い出る貝よ

生きる意味などもう問わぬ浜茄子の実かたく色染め砂浜を向く

いっせいに雲が千切れ　すでにもう別の形体つくりはじめる

## 木守柿

灯しおり消してはならぬと呟いて色を増したる木守柿あり

取る人も見るひともなく木守柿たわわに空を占めいる　師走だ

凍てはじめいし雪道を踏み行ける持続は温き力となりぬ

うす青き陶器の底に小寒の卵黄むっちり脹らみ色こくありぬ

みちのく風語

ひそやかに野鳥の羽をふくらませ川沿いの木々に小春の日ざし

かわりゆく春の嵐を予測せよ肩に止まれる風花が言う

またしても別れ重ねて　ついに雪をとかしし君よ　三月の雨

あるがままを詠むより他を考えぬ硝子戸とおる浅葱の空よ

遠回りして買い物にゆくさみしき日わたしの語彙よ踵よりあがれ

かたわらに在りてころがる空き瓶の口が鳴らせる陸奥風語《みちのくかざご》

夕暮れが樹の裏側にたまりたり藪つばきの朱ふかくおそろし

## 冬旱

冬旱《とうかん》にはらむ球根かなしみも昂もひそめて咲《ひら》く水仙

粉ふきて飴色増せる干し柿の果肉にひたりと二つの種子よ

冬風の北上山脈越えてきた吹雪のなかの東北新幹線

一分の黙禱あまた重ねても還らぬ人ら　こごえる手元

誰をまつ松

被災地の浜辺にそよぐ一本の細き樹あり　誰をまつ松

復興のシンボルの松かぼそくて　風にしなりて生きているなり

にんげんの笑い少なくなりし里　あたりいちめん緑わらえり

それぞれの容量に空をすくいおりバケツの水と潦《にわたずみ》よ

わたくしの吐きたる言葉わたりゆき木々のあわいに止めてくれよ

風のささやき

藤の葉のふくむ水滴こぼすおと窓あけて聴く風のささやき

山際に大きく架かりし夕虹に色をたがえて二重《ふたえ》の虹よ

夏の野のふかい茂みに浮かびおり汝の横顔　はてなんとしよう

風の子よ枝のすきまに消えてゆくさらりさらりと午後のしじまに

風よ吹け風に凭れて生きてゆく命のひまの記憶をしのび

沈む陽を見入りておりしオニヤンマ風のささやき傍《かたえ》に聞けよ

## 故郷とよぶ

雪のふる奥羽山脈越えてきて君はわたしを故郷とよぶ

あの日より七年経てもふるさとの海の傍らゆるり嵩上げ

この道はかの日の海につづく野辺ゆく手を阻む牡丹雪なり

薄紫の奥羽山脈の向こうの空朱く染まりて明日は晴れなり

居久根《いぐね》もつ農家連なる山間の北上山地を車窓より見し

北上の駅に降りると凍てつく風痛いとさけぶ古希坂なりや

窓辺にて雪の結晶みておると冷える耳にて氷点下十度

降りやまぬ雪を見つめて立ちおればタベのあなた振り返らんと

歌友との昼食会の部屋のなか薄ぼんやりと海の絵が掛けてある

## 音

赤卵カツリと割れば内よりの力に黄味は色濃くとろり

ふんわりと手に乗せて切る豆腐なり好みの味の汁に入れおり

焼きたてのシシャモ七匹口開くを君はぱくりと頭より食む

いま暫し豚カツに添えるキャベツの音よ今日は如何なる夕べ

パソコンに歌を重ねし夜半となる心おちつく私がわたし

山茶花の根深きまでの背景に己の力みえない命

さくさくとキャベツを食めり緑のものの音が聞こゆる

カーテンのひだ斜めに真直に好みの音たて開く朝なり

ゆで上げたブロッコリーのみどり食べふたたび稿の仕上げに入る

色濃く揃う

納豆の糸引くときに見えしもの　ああ大豆よ色こく揃う
大豆とはそこまで深く色こくて吾の身体《からだ》の一部となりぬ
身体《たい》という愛しきものよ世にひとり君とわたしの確かな絆

柔らかな絹ごし豆腐の食感よ喉通るとき大豆の香《か》せり

ゆたかなる水の面《おも》の波長にしらべを持ちて流れゆくなり

会長となりて知るなり孤独感おのれと向かい職務をはたす

春をよぶ

そしてまた昨日と今日の間《あわい》にて確かに違ういまを生きおり

蕗の薹あまた摘みきし己の手　春よぶいまの温もり握る

黄緑のふきのとう掌にとりて十枚の葉のなかに丸く小さき花

かすかにも青い春の香ただよわせ吾の鼻腔をくすぐり続ける

味噌汁に入れて食した夕べなり僅かに苦きを夫は好む

あたたかな小春の陽ざしを捉えたる野鳥たちなり冬をよろこぶ

蒲公英の黄の垂れいし春はいま健やかにして花咲き香る

道ばたのコンクリートの割れ目より世間を覗く大《おお》地縛《じしばり》よ

青空に白鳥たちが群れつくり光のなかに冬連れ帰る

月日も枝に絡まる

夕空に傾いている木のかげ風も月日も枝に絡まる

紫陽花の青の眼差し心地良しゆるゆると生き吾を見つむる

緑陰と言う空間ふかきところ樹は光にけぶり枝さし交わす

さみだれの空のなかにて緑の枝に絡まりてゆく一世を生きる

色の濃い雲の間に夕焼けの空その奥ふかく生業ありや

昼下がり鞄を背負った人通る薄紫の空気のなかに

今日もまた届いたダイレクト広告のその殆どは必要なかりし

さりとても誰かの目にも止まれば可それが世の常ひとの常なり

廊下をモップで掃除するわれ板の間の節と対話しながら

小山朱鷺子踊踏《ぶとう》発表会　〈震災をテーマ〉

強力な波に呑まれてあがきおり〝ああ〟苦しさに時間よ止まれ

円筒の紙に飛び散る墨の跡人の顔など浮かびくるなり

人はみな命の重さ辛さなど花いっぽんに宿りし命

震災で甦りたる人がおりその視界にも是とする今を

この赤き指しなやかに踊る女天《ひと》の啓示か陸奥の神やも

## 秋空

秋空の庭を歩けと木々たちは色どり増して空と向き合う

苦いものいっぱい詰めているような瘤のかたまり持つ街路樹よ

ゆきあいの未明の窓に朝顔は音なく青の花を開きはじめる

花々が群れ寄り添うて花のむくろ吾が寒しい足首のあり

夜の空に残る鈍色の異形体　十六夜《いざよい》の月の傍ら通る

一片の桔梗の花の紫に霧たちゆける朝の明けゆく

言の葉に昭和をのせてそよ風が半分あおい空に消えゆく

## 自覚の谷間

自覚の谷間に消えし否　吾《あ》がこころ朝焼けの空にほのか揺れおり

叢林に己のきもち重ねゆき北上の地に在り　此岸は無常

彼岸花赤のきわまり墓前に二つささやき交わし風に揺れおり

なに故と二つの花の赤さよとこの世に生《あ》れし存在をしる

頭《ず》のうえに中秋の月を浮かべおり　寺庭を囲むあまたの樹木

濃き緑その木のましたより竜胆の花吾《あ》を見つめおり

友はいま夫の介護に追われおりかの日のボート思い浮かべる

北上山地

たずね来し心にともる人に会う北上山地いろとりどりに

神無月わたくしはさて友により如何なる歌の歌材探すか

耳朶を僅かにあかく染めたMさん高校時代の旧友にして

感謝して今を生きおりこの今を歌友に会いし歌とどけんと

次回にはこの雰囲気を届けたし風をはらめる紙いちまいを

歌友の読書三余に光の輪ともしページに栞はさみ止めたり

沈みゆく月を見た海におぼろにもかの日かの時　被災地浮かぶ

岩めぐり眩みきたる川しぶき瑠璃色の鳥浮かびておりぬ

恋しくて思った月日も　森のうえ雲の流れる空より来たる

## 光の輪

光の輪くだものの芯かこみいし赤い皮もつ音なし林檎

光りとも影ともみえて外灯に蝶の二頭《にとう》浮かびて消える

木の葉と空と共鳴する間に花房たれる返り花なり

灯火《ともしび》と思えるほどの白い花数個《すうこ》たれてる藤の花房

夜半ふかく栞はさみて本を閉ず今日たっぷり読み眼《まなこ》かすめり

夢にみし君と連れ立ち行くところ静かに温い旅を求めて

思惑を胸に秘めたる吾《あ》がこころ他の人には言ってはならぬ

日だまりを反映している秋なのだ　碧空たかくより藍増す

爪跡

何もかも行き届いた今の世にも大震災の爪跡のこる

便利さの反面この世には儚くて逆らわれない自然災害

街角のまばらな家に誰ぞしる心が物に衝突している

この世とは巻き戻しなど出来ぬものただ今を生きおり

掌にとった紙に無常の風の吹きすさぶ　夕焼けなのに

どうしても思い出せないひと言を手のひらの上にやわらに包む

清水《すず》なりし水おと聞きたり早朝の風が静かに流れわたる

——北上の湧き水（すず）

夏椿の白

文月の心をほぐす庭なかに今年も会い得し　夏椿の白

沙羅双樹といえる椿なり午《ご》の陽に白き花びら根元そめいる

人間の心にそむいてならぬもの吾《あ》が胸うちに手をあてており

背負いきれぬ物は棄てよ沙羅双樹花首おとし白塚築く

寛容な夏の心を抱く日　花のそよぎを聴くために行く

菩提寺を訪ねた庭にほたほたと落ちる夏椿　青き太陽

奥さんの目もと涼しく吾を見し明日を待つや夏椿の白

両親の墓に白い花手向け今あることの幸を祈れり

暮れ方に沙羅双樹の花しずみ木々が近づいてくる

## 大きい秋

紅葉も野菜もあまたあり秋はひたすら大きくありし

大空を流れる雲いくひらよ　秋まっただ中の花々が咲く

「銀のしずく」と言う米もらいゆたかなる秋がふくらむ

ことごとく心のバランス保とうと台風一過の晴れわたる空

逆光の窓辺近くで本を詠む風に押されし葉が落ちてくる

昼もなか秋風を聴き揺れている葦の茎には雀が止まる

人はみな考える葦というこのしなやかな強さよ永久に生きよ

丹念に空をみていし朴ノ木の葉陰に乾いた秋を見ており

秋草を腰低くみる男おり意外に張った肩をしており

背景の空

吾が胸に記憶の風が過ぎりたり丹念に拭く眼鏡の縁まで

今のいま何が何だか解らぬもの不快なものがこみ上げてくる

山の色その背景の空と雲木々が小さくふるえておりぬ

ふく風にうなだれている菩提樹は四角い種を膨らませおり

ふかぶかと帽子を被り散歩して野草の香り鼻腔を擦る

青空低く鳥の巣があり秋冬に落ち葉に詰まるカサコソの音

サフランの桃色花の咲きほこり今まさに秋まっ盛りなる

とりどりの葉っぱ落ちてゆく秋の深まり仲間を増やしおり

杉の枝空に浮かびて尖りたり誰がためなりし背景の空

## 夕まぐれ

風のなか飛び来る鷗ゆたかな海の台風の前触れ

ゆうまぐれ浜辺の波の崩れる音なにか懐かしい故郷の海

茜さす空の光に押し戻され夕映えのなか帰る道のり

かの日にと記憶を戻し足ゆらぐ時の綾などくぐり抜けたり

疎かにちょこんと座りし椅子なれど時の間合い夕焼けの雲

一生《ひとよ》なる己の器を持ち生きる根本的に人は己の力もつものよ

それぞれの愛を保ちし　君はいま鱈ちり鍋でほろ酔い機嫌

あなたには見えてわたしに見えない世界《よ》　夫婦となりて四十二年

手の上に林檎まるごと載せいたりつるりとしたる感触なりき

空ふかく秋の世には太鼓の音など何処からか聞こえて来るなり

月光の狭庭に入りくる夜半なりて林檎と水を置き換えて見る

人はみな限りある世に生きながら力と汗を心にひめおる

## 未明の雲

言の葉に調和せよとて歌を詠む未明の雲も歌材としおり

うす青い空の真下にサフランのピンクの花円筒形見ゆ

見通しの甘さに落ちる銀杏の葉ときは巡りて自然というは

秋のひと日

雨のふる晩秋にして傘の範囲の音ききながら周り道ゆく

山並みにとりどりの色にじませて秋の深まり見つめておりぬ

灰色の雲の真下の木々もあり神無月にて色とりどりに

銀杏の樹葉を落とし実を落とす今の世には拾う人もなし

もみじ葉の枝さし交わす川面にも写りておるや今まさに秋

電灯の橙《とう》の光に包まれて生きしもの狭庭に浮かぶ樹木たちよ

ほっこりと庭片隅に咲きいでしお茶の花の香りを聴きおり

ゆるぎない街路樹なれ今のいま夜明けと共に生きつぐものよ

## 会合

朝露と空気が良いから走りたい秋にようこそランナーたちよ

車窓より夕焼け空を見上げるとトカゲの尾っぽかんでいる雲

昇りつつ二人となりしエレベーター背後の影に身をちぢめたり

つのりたる言の葉ゆきかう会合で吾はひたすら黙しておりぬ

会合でふたひらの耳そばだてて役員と話し合うており

役員と今日のテーマを話し合うあの日と変わらぬ茶房のひとすみ

今よりも遠くにありし故郷にほのか夕暮れ記憶の友よ

パソコンにある非日常の広い世の吾が知りたい知りたくない事

音消してマウス動かしパソコンの矢印を下げ　今日の歌詠む

日常の人とのつながり黙々こなし安定した生活とは何か

秋のふかまり

青空に浮かびしものに鱗雲われは居るなり秋のふかまり

この庭にあまたの花が咲いていた今は晩秋枯葉飛び交う

まだまだと咲きおりたるやサルビアのかすかに揺れて霜月二十日

紅葉の葉何処からか落ちてきて吾の狭庭に散らばりており

寒々と木の間《ま》の奥に黄のはなの風を伴い揺れゆれやまず

秋の歌　心身《たい》のバランス保つため一日一首をただひたすらに

快く承諾されし依頼文　ふっと息つき花を活けおり

明日の風

物の比喩など好きではないが明日の風にと詠んでしまえり

缶ビールの空き缶かろがろと運ばれてゆく秋の陽だまり

明快な言葉の裏にひそみいし我が心さえ思うようにならぬ

はす向かい薄暗い木に夕闇せまり今日のひと日を惜しみておるや

惜しめるものの一つに夕映えの消えゆく時よ消え行くものよ

神無月

この木々は夕暮れまえに影ながく地球のいまの存在を知る

秋桜の花の盛りも過ぎしいま神無月　否　神在月

上弦の月の出る夜になるはずだった今宵は雲に覆われており

明日には月が僅かに膨らむのだ雲の上なる数多の星よ

いつの世にも喜怒哀楽をともないて人は生きおり恋などしつつ

歳月の巡り来たれる今にして久しぶりなる鬼剣舞を見る

石ころを手にし加速をつけて投げ夕陽にゆれる川面をはじく

川面にはさざ波がたちうっすらと緑の影を映しておりぬ

いちまいの闇

私の国には沢山の物があるのだ　でも人間《ひとら》は満足していない
困難は政治のちから国民はおいてきぼりになってはならぬ

解らない政治の世界ニュースなどで知りたること追随するのみ

知というは本当は知らぬこと世間ではそんなことまかり通ってる

今の世に歪曲したること数多あり例えれば人の心の裡など

数多の喜怒哀楽を持ち人は生きそしていま望月みたり

人間の心の中は解らない誰もがもてるいちまいの闇

色とりどり

水際にことりたちの声あまりなく色とりどり揃う川岸の木々

いろ増しし紅葉の葉っぽ己《おの》が色濃く巡りきたれり　秋のふかまり

庭つづき光をおびし満天星《ドウダン》の紅葉にふれゆく露を見ており

恋しさ哀しさの漂いて秋のひと日そっと椅子に凭れておりぬ

窓側の椅子にかけ外をみて歌を詠むいまの自分と対峙す

椅子にかけ赤い薔薇《そうび》の匂うとき短歌を詠み口ずさみおり

動かない多くの物を前にして本のおもたさ　積ん読なのだ

ふたひらの耳

ふたひらの耳たぶ受けし風の音　友の耳にも貝を見るなり

明快な言葉の裏にひそみいし我が心さえ思うようにならぬ

向かいの薄暗い木に夕闇せまり今日ひと日を惜しみておるや

惜しめるものの一つに夕映えの消えゆくかげも消え行く処

銀杏の葉っぱ一枚を吾が掌《たなごころ》にし扇状なる葉脈を辿る

紅葉もしだいに色ましとりどりの人の人生歩みきたるや

足下をカサコソと葉の一枚の過ぎりゆく霜月の坂ゆっくり歩く

子午線

地球儀のここ子午線見下ろし日本は何と小さな国だろう

今の世に歪曲したること数多あり例えれば七味唐辛子

人はみな七味唐辛子をひそめたり恨み・妬み・嫌み・等々

悔しさ哀しみもつ日々ああそんな気持ちを払う吾心なり

笑い声　耳朶の記憶・目・鼻もと・触覚など五感意識し

望月を見おれば吾がかげ動くそうした宵に足裏かたむく

秋まひる紅葉の枯れ葉いずこよりか狭庭に黙しておりぬ

ニュースを読みて

日米の両者の思惑こうさして双方の利益得られる結果

車椅子が多目的に進歩して過去最大級のバリアフリー

中国から米国に対して輸出する自動車税を協議しおり

双方の議員の責任として国の理想希望などを感じているやも

演説を取り巻くひとら多数にして選挙結果が解明される

どのような結果となれどこの国の明日を真摯に考える人

震災遺構保存を巡って論議され四ページなる紙面は辛い

政権が揺らいでおりぬこの日頃ゆらいで消える信頼もあり

可能な交渉めぐりいまもなお対ロ二島は妥協するのか

国民の主権のいまなり明日に向かえ政治の風よ

紙面より伝わる負なり何を伝え何を読めと言うや正の部分

晩秋の空

木枯しの音ききながら本を読む　風の運びしことばの径よ

解らぬもの多々ある此岸　花咲き葉おち巡りくる季《とき》

三角にとがれるおにぎり食む反故にされたし午後の約束

花の咲く季も終わりに近づいて行く秋の空碧々とあり

耳を立て風の音など聞きおりぬそうだったあれは櫻紅葉よ

冬ざれの風が告げくる音を聞く西空ひくく野鳥飛び交う

晩秋の空の青さよ幾重にも雲の重なり呼びこみており

医大で検査

岩手山ななめ向かいに見る部屋に検査入院しうたた寝している

盛岡の岩手富士見える部屋　啄木・賢治　空のあなたに

病室の白き壁をみつめおり自《し》の身の生の長さ計れり

医師として医療スタッフまさにいま吾のふるえる命をはこぶ

わが体を映しみる医者よ習得したる技に支えられおり

夜明けにはひんやりとした空　風が告げくる晩秋の空

カテーテル検査の時間二時間余りひたすら耐えた吾の心も

霜月の風がふきすさぶ窓辺にただただ青い空よはるか広がる

窓枠の銀色を見つめ秋の言葉をくりかえしつつ確かめており

晩秋の雲

風立ちし木々の揺れ合う夕まぐれ遠き記憶をゆっくり辿る

木肌のその感触に耳をあて水の音など聞いて見るなり

霜月の狭庭にありてとりどりの葉いろ褪せしまま十一月五日

真っ直ぐな生き方している木々など常に泰然と年月重ね

ほつほつと茶の花さきほこり雨滴をつけし草々のあり

庭の草あまたなる種子つけて秋の終わりの七十路《ななそじ》の坂

道端に芒穂は枯れ霜月あわい空に吸われていくよな

藤の葉にひそと揺れおりし蓑虫よ何か寒しい霜月の昼

円錐に並ぶ杉の辺《へ》にうろこ雲ただひたすらにたゆたうており

裏庭に赤く色づき残りたる紅葉も枯れて霜月二十日

いつよりか爽やかな風たちおりて夕陽の晒す晩秋の雲

平成三十年師走

師走にて平成三十年あたたかく青い空にもふんわり白い雲

しとしとと雨降り雪を融かしゆく暖冬となりし平成三十年

足音をしのばせながら雪道を下りてゆくと郵便局あり

雪坂を下りてゆきて郵便局員《きょくいん》と久しく会話ひとときを過ごす

東京オリンピック《おりんぴっく》の市松模様を見ておりぬ二〇二〇年あと一年半

来年のカレンダーめくる午後〇時なり平穏のぞむそれが怖いな

## 再会

年末に東京都心の学士会館《かいかん》で親友と会う　心ときめき

五十年来の旧友と会ったふたりの笑顔の二時間あまり

旧友と学生時代の思い出の地　鷹の台での話をしたり

二人の友と過ごせし美大の　鷹の台には富士も見えたり

あるときは高尾山に登りたりはるかに霞む山と親しみ

「汎」と言うサークルの中にて文学を語り過ごしし学生時代

友三人《みたり》と太宰治の桜桃忌に墓所を訪ねしかの日もありぬ

平成三十一年

早春の空に三日月残る朝雪ふみて行く平成三十一年

きしきしと空気の緊まる早朝に睦月二日の朝をむかえし

足下にさやさや流れる水音《おと》を聴く新春のいま冬風いたい

わずかな音たてて餅を食む正月は餡《あんこ》に雑煮・数の子などを

餡のとろり食感に自分好みの甘さゆっくり口中ひろがる

正月二日命のきらめきの番組を見てより吾の心にもいのちきらめく

まばゆさに氷柱も光りとけてゆく正月三日午《ごご》の日の差す

二十センチ雪降り残る狭庭にて満天星まあるくふんわり

冬旱のきわまり痛し頬を刺す空っ風なのだ　宙《そら》の碧さよ

雪のまう朝空よりきたり　冬の枝芽を抱きつつ陽にこもりたり

硝子戸《はりど》なる冷たい感触あじわいて睦月十日の夜明けまえなり

## 花巻温泉・佳松苑（夫の誕生祝い）

牡丹雪つもる坂道うえの花巻温泉一月早い夫の誕生祝い

ぼたん雪のいく片を受けほっと一息　露天風呂にて身体を伸ばす

珍しいインカスープを堪能し夫との会話に苦笑いする

血糖値高めながらも好物の酒のみほろほろ剣豪作家《さっか》・敏磨《としまる》を言う

電話にて頭を下げておじぎする夫は今もズーズー弁

いつしかに正月気分も抜けおちて財布のなかもウエストもきつい

白壁に囲まれていいし廊下ふく腰をかがめてひたすら磨くこの今を

人生は思うに任せぬものなりし習慣病検査日　一月二十三日

新聞を読む

日のひかり温もり持ちし椅子にかけ窓の傍で新聞をよむ

新元号総理と保守派板挟み難航きわめ五月より船出

国民の平和希望をのぞまれた　四月末日退位の両陛下

被災者は両陛下に会いやさしくも慈しみを持ち声かけられたと

日米の問題として平和は安全かつ和平を望め

大槌《おおつち》町の旧庁舎震災遺構八年目にして解体着手

豪州のテニスプレーを見ておりぬ大坂選手の撓る右腕

国内は景気拡大を維持しても「いざなみ景気」の記録を抜きし

全国的にインフルエンザ流行し　血圧たかし古希坂キケン

自立更生を叫ばれた斎藤実《さいとうまこと》首相他に頼らず己《し》の力で立とうと

「春風」の語を使った斎藤は功を焦らぬが二・二六事件で倒れた

## 如　月

あたたかい節分にして立春なのだ　草木も雪も融けてしまえり

立春も過ぎし六日目かたわらの藤の枝にはちいさな蕾

玄関の雪かきをする如月に雨まじりの白がどっしり重い

外灯の雪あかりに浮かぶ木々未明の空を黒く突きさしており

山かすみ如月なかば雨水にて　陽を受け咲きいし福寿草なり

薄白い空よりふわり風花の耳に止まりし春の入り口

透明なピンクの花とリップを付け微香を放つシンビジウムは

温き風ともない咲ける四枚の花弁をつけし小さきイヌフグリの花

イヌフグリ冷えた日だまり受けて伸びあおむらさきの小さき命

赫むらさきの縁どり揃う葉をつけて風に黙《もだ》せり満天星《ドウダンツツジ》

# 弥　生

弥生にてやわらな空気うけおりて朱い日差しに藤枝絡む

ひと木の湿りを吸いて風を呼ぶ風よ告ぐべし早春の庭

シンビジウムの濃いピンクの蕊のおく雄しべに添える雌しべが見ゆる

雌蕊なる花粉すでになく五月までに今年の花どき終わりそうな

春光の草の香りのする庭に日ごと芽を出し息づくものら

山門に通じる道の石段添い深みどりの一位の木々あり

アララギ・おんこの木とも呼ばれし一位の木ご神木にて幹なか堅い

ごつごつに曲がった幹もつ一位の木つんつんした葉丸く刈られて

草むらに薄紫の小さなスミレ顔をだしもう春だと言わんばかりに

みちのくの吾ら春をまつ心のどこかでこの温もりを愛しみており

マックスバリューにてひな祭りの音楽を聴く昔なつかしみ蛤を買う

夕べとなりオクラ刻めばねばねばと緑の汁だす　食感が好き

殊の外いま食べたいもの温かな鍋に芹の香ただよわせおり

八度の祈り

風花を吸いて沈みし海神《わだつみ》のあまたの魂に八度《やたび》の祈り

あの日には電気とめられオガライトを探す暫しの間　車があった
――オガライト→炭の代わりの便利なもの

満天の星空のもと車にて夫と共にラジオを聞いた

暖とれず寒い日だった身体《からだ》を温めるためヒーターで一息

巨大なる津波情報を流すラジオ　沿岸部の町を襲っていると

朝《あした》には沿岸の海に火の手が上がり町を焼き尽くす情報

かの日より八年経てもまざまざと心に浮かぶ故郷なりや

電話も通じずぐちゃぐちゃの部屋中　未だ忘れない八年経ても

——八年後の故郷

故郷の義姪《めい》に聞く気仙沼　海岸添いに住居《いえ》は建てられぬと

海辺には箱型の建物点在しかっての市街地に生活感ないと

震災の特別番組を見ており　復興途中・復興遺産など

目の前を身内が流され救われぬ　生き残って未だ苦しむ人ら

一方で逞しく明日見つめ生きる人たち　生きねばならぬ

震災の教訓として人はみな命を守れ　ただそれで良い

八年目の平成三十一年暖冬にて午後二時すぎ驟雨となれる

花穂のひかり

北上の春の川辺の猫やなぎ風を誘う花穂のひかりよ

梅のはな僅かに膨らみしらしらと吐息のごとく朝焼け去りぬ

はじかれたごとく佇むと突風が勢い吾の頭部をかする

窓より見ゆ松ななめに枝張り緑いろ濃く風花を吸う

吉辰店のお茶の葉にてきっちりと細く揃える香りを好む

お茶の葉の濃き緑に湯そそぎたり「深く濃い」を味わいており

かたわらの岩手日報の二面には東京五輪の聖火トーチ

震災の廃材つかい意識してリレーは福島よりスタートと言う

トーチには吉岡高徳氏のデザインで「桜ゴールド」を使う

——五輪に合わせ桜を咲かせると言う

聖火リレーに桜の花とトーチの桜の共演きたいする声

あたたかな春の日差しを受けながら高校選抜野球を見おり

投手のしなる左腕力強く三振をとるたび会場は湧く

宅配とどく　メール通りの黄の濃いデコポンまさに熟れどき

まるいまるい凸のふくらみを掌にのせて不知火の香《か》を確かめており

従姉の送りくれたるデコポンを何はともあれ亡父《ちち》に手向けん

おでこのちょんとでている辺りより剝くデコポン甘酸っぱいな

卯月

五月一日新元号の「令和」なり吾《あ》は三元号を生きてきたのだ

昨夜より降り積もりたる雪もとけ卯月の太陽ほほえみている

「鏡前」の言葉に惹かれ鏡見るなんとも哀れいまの自《し》が顔

好感の持てる響きの「令和」にてせめて二桁まで生きたし

桜より梅が主役の卯月なり桃いろ雨をしたたらせおり

遠ざかる昭和の吾もカタカタと物をかたずけ切り裂いてゆく

昨夜より降り積もりたる雪もとけ卯月の太陽やんわり受ける

水仙の花ひるがえり風匂いくすぐったい吾の鼻腔よ

まひるまに風哭く春のひとときかすかに揺れて水仙匂う

水仙の葉はなめらかに尖り風に揺れ白緑色《びゃくはくしょく》の光りを保つ

ふり向けば心ほぐれてゆくような春の芽生えよ風のやわらぎ

卯月なり草の香りのする庭にあまた芽吹き息づくものら

昼空にひこうき雲の伸びてゆくその空のもと佇みており

# あとがき

　平成十六年五月、わたしは北上市に住居を移転した。二十九年間続けてきた仙台での㈲上杉美術研究所を閉じて、転居することに躊躇いはあったが、夫との生活を優先することとしたのだ。転居してまもなく前集第四歌集『風光る』を刊行したので、これは第五歌集になる。

　この十二年間、短歌の師・加藤克巳が亡くなり、東日本大震災があり、義兄が亡くなると言う不幸に次々に見舞われた。大震災でふるさと気仙沼の実家は避難所になった。身近なところでは、何人かの友人、知人、教え子も亡くなった。未だ行方不明と言う人もいる。自然災害と寿命など世の無常を感じながらも、そうとばかり言い切れない日々を過ごしてきた。

唯一支えになったのは、歌を詠むことである。そのおかげで心身のバランスを保ってきたと言えよう。これからの人生も、この〈ことばの径〉をじっくり考え味わい歩み詠みつづけて行きたい。これまで必然と偶然の作りだすものや、自然等そのとき捉えたものを私なりにスケッチし作歌してきた。

また幸運にも歌碑を一基建ててもらえた。（70ページの百日紅の歌）

しかし、これからはもっと自身の心で見たものを鋭ぎすまし、調べの中に活かして歌の幅を広げてゆきたい。たぶん、アブストラクト的になると思うが、短歌人生を楽しんでゆけたらと思っている。直ぐには無理かも知れないが、人生最後の歌集は、そんな歌集を編みたい。

歌集名『みちのく風語』の風語《かざご》は造語である。陸奥人《みちのくひと》として風に語らせた私の心そのまま表現した歌集である。

東京で過ごした五年を除けば、全て東北、みちのく人として生きてきた。いや生かされてきた。古希坂半ばに入り、ふと気づいたら歌が千数百首にもなっていた。むろん駄作も多い。削りにけずってともかく編んでみた。

今回も会員になっている結社「合歓」代表の、久々湊盈子氏に世話になった。

装丁は武蔵野美術大学の先輩、山村國晶氏の作品を使わせて頂いた。

出版を快くお引き受け下さり、ご面倒おかけした砂子屋書房の田村雅之様、装丁の協力を頂いた倉本修様にお礼を申し上げたい。また、仙台で私が代表をしている「個性の杜」の仲間にも、傍らで応援してくれる夫にも心より感謝を述べたいと思う。

平成三十一年四月七日　誕生日

熊谷淑子

みちのく風語　熊谷淑子歌集

二〇一九年九月二日初版発行

著　者　熊谷淑子

岩手県北上市黒岩一八―四五（〒〇二四―〇〇四二）

発行者　田村雅之

発行所　砂子屋書房

東京都千代田区内神田三―四―七（〒一〇一―〇〇四七）

電話　〇三―三二五六―四七〇八　振替　〇〇一三〇―二―九七六三一

URL http://www.sunagoya.com

組　版　はあどわあく

印　刷　長野印刷商工株式会社

製　本　渋谷文泉閣